AF494978

RECHERCHES

SUR

LES POÉSIES

DE

M^LLES DE ROHAN-SOUBISE

PAR

PAUL MARCHEGAY

Membre non résidant du Comité Historique,
Vice-Président de la Société d'Émulation de la Vendée,
Membre de la Société de Littérature Néerlandaise.

LES ROCHES-BARITAUD

—

MDCCCLXXIV

Extrait de l'*Annuaire de la Société d'Émulation de la Vendée*

1873

RECHERCHES SUR LES POÉSIES

DE

MESDEMOISELLES DE ROHAN-SOUBISE

Brochure plutôt que volume, et s'adressant à un public varié, l'*Annuaire* doit s'interdire les travaux tant soit peu étendus et tout-à-fait scientifiques (1). Au reste, les sociétés véritablement savantes de notre contrée suppléent à cette insuffisance de nos ressources par la publication de documents spéciaux à l'histoire du Bas-Poitou. Cette année même on vient d'imprimer, à Poitiers, les cartulaires de l'abbaye de Talmont et de la commanderie de Coudrie, près Challans (2) ; et à Niort (3) paraîtra dans peu de jours la correspondance de Mesdames de Rohan avec la duchesse de la Trémoille. Il est question de ces lettres, écrites en partie du Parc-Soubise près Mouchamp, dans l'*Annuaire* de 1859 (4). Aujourd'hui, sans dépasser les limites indiquées

(1) Voir *Annuaire* de 1872, p. 80 et suiv.

(2) Par notre confrère, M. le comte L. de la Boutetière, dans les *Mémoires de la Société des Antiquaires de l'Ouest,* et dans les *Archives Historiques du Poitou.*

(3) Par M. Imbert, membre du Conseil général des Deux-Sèvres, dans les *Mémoires de la Société de Statistique* de ce département. Il en a été fait quelques tirages à part (121 pages grand in-8°).

(4) Pages 170 et 171.

plus haut, nous allons rechercher et signaler les poésies des filles de Catherine de Parthenay (1) imprimées dans divers recueils ou tout-à-fait inédites. Aux extraits cités, l'orthographe a été régularisée, mais sans aucun changement de mots, même pour les plus vieillis.

§ I. — CATHERINE DE ROHAN, la puînée, dont on connaît la fière et honnête réponse aux obsessions de Henri IV, ne survécut que deux ans et neuf mois à son mariage avec le duc de Deux-Ponts, 28 août 1604, auquel elle venait de donner une fille. Beaucoup de poètes contemporains ont déploré sa perte. L'un d'eux regrette notamment en elle :

Une dame qui fut le chef-d'œuvre des cieux
Et qui fut la vertu des dames vertueuses,
Grande, belle, savante et parfaitement sage
Vécut, et puis mourut en l'avril de son âge.

Les vers suivants d'Odet de la Noue, fils du Bras de Fer, prouvent qu'elle excellait en musique comme en poésie :

Donc, de parole si douce
Nous n'entendrons plus les sons.
Nous n'orrons plus ses chansons
Ni les accords de son pouce ;
Nous n'orrons plus ses beaux vers
Sur tant de sujets divers.

Aucuns de ces vers n'ont été retrouvés, mais on peut juger du style de Catherine par la touchante lettre qu'elle écrivit à Du Plessis-Mornay, en apprenant qu'il avait perdu son fils unique (2).

(1) Dreux du Radier, *Bibliothèque historique du Poitou*, vol. 5, p. 484.

(2) *Mémoires et correspondance de Du Plessis-Mornay*, édition in-8°, vol. 10, p. 151.

§ II. — Henriette de Rohan, appelée toujours, en sa qualité d'aînée, *Mademoiselle de Rohan,* et à laquelle un peu de défectuosité dans la taille a fait donner, par Tallemant des Réaux, le surnom de Bossue, resta fille et mourut vers le 1er septembre 1624. Habile à peindre les portraits les plus délicats, elle a aussi été poète. Nous indiquerons d'abord deux élégies, dont voici des extraits, dans lesquelles elle a pleuré, en 1607, la mort de la duchesse de Deux-Ponts :

O mort, le seul sujet de mon cruel martyre,
Tu m'as ôté ma sœur sans aucune pitié !
Ton coup n'est que demi, car, tant que je respire,
Il reste toujours d'elle encore une moitié.

Tu pensois t'enrichir en lui ôtant la vie,
Croyant ce beau butin n'être sinon pour toi ;
Mais le ciel par sur tout, lequel en eut envie,
Me vengeant, te l'ôta comme tu fis à moi.

L'amour que je portois à ma chère sœur morte
Ne se peut exprimer ;
Doncques si ma douleur quelquefois me transporte,
L'on ne m'en doit blâmer.

J'ai vu que je cherchois compagnies et danses,
Ayant l'esprit content ;
Il n'y a maintenant, en mes grandes souffrances,
Rien que j'abhorre tant.

Je cherche les déserts et un lieu solitaire
Pour pleurer mon malheur,
Mon deuil m'ayant rendue entièrement contraire
A ma première humeur.

Ces deux élégies ont été imprimées en 1609, avec les pièces dont quelques vers précèdent, dans un rarissime volume (1) intitulé : *Tombeau de très-haute, très-illustre et très-vertueuse princesse Catherine de Rohan, duchesse de Deux-Ponts.*

Le manuscrit de la Bibliothèque Nationale N° 12491 du Fonds français, anciennement N° 4725 du Supplément, conserve, à la page 74, une satire assez fine sur les prétentions des princes à la Conférence de Loudun, en 1616. Publiée récemment, avec beaucoup de fautes, dans un livre (2) sur lequel nous reviendrons, elle y a été fort maladroitement attribuée à la plus jeune sœur de Henriette. Elle est composée de dix strophes. Voici la première où l'Assemblée, convoquée pour une paix qui fut trop courte, s'adresse à la reine-régente, Marie de Médicis, mère de Louis XIII :

Adorable princesse,
Il est temps que je cesse
De gâter vos pays ;
Accorde nos requêtes
Et nos mains seront prêtes
A servir ton Louis.

La dernière strophe :

Celui qui, en Guyenne,
A mis la cour en peine
Et montré sa valeur
Requiert que l'Assemblée
De tout bien soit comblée,
Et sa vie d'honneur ;

(1) Paris, Jean Janon, in-4° de 83 pages. Voir p. 4, 22, 68 et 69. L'exemplaire que je possède est un cadeau de mon ami M. Dugast-Matifeux.

(2) *Poésies d'Anne de Rohan-Soubise et Lettres d'Eléonore de Rohan-Montbaron,* Paris, Aug. Aubry, 1862, in-12. Les poésies, avec les notices et notes dont l'auteur a gardé l'anonyme, occupent les pages 1-75.

s'applique au duc de Rohan (1), frère de Henriette, et non pas au prince de Condé, comme l'a imprimé l'annotateur anonyme qui plus haut appelle Henri de *la Tour*, duc de Bouillon, le maréchal de *la Marck.*

La *Réponse pour la Reine* est-elle aussi de Mlle de Rohan ? Un critique expert peut seul résoudre cette question.

Trois sonnets inédits viennent d'être découverts dans un précieux manuscrit dont nous profitons largement.

Il est conservé à Bessinges, près Genève, parmi les papiers de la famille Tronchin, et permet de porter à six les poésies d'Henriette. Jusqu'à présent on n'en connaissait aucune d'elle, à l'exception du quatrain que Tallemant des Réaux (historiette CXLV) dit avoir été écrit au célèbre Bassompierre, pour le prévenir des privautés que Henri IV venait de prendre avec sa maîtresse (2), Marie de Balzac d'Entragues, sœur de la marquise de Verneuil.

Dans le premier sonnet, avec sa vivacité ordinaire (3), Mlle de Rohan se plaint à Monseigneur, probablement un des princes du sang, de sa négligence trop prolongée à lui écrire.

(1) « Quand il vit la jeune reine (Anne d'Autriche) elle se sourit quand on lui dit que c'étoit ce M. de Rohan qui lui avoit fait peur en Guyenne. » Lettre d'Anne de Rohan, 23 décembre 1616.

(2) Bassompierre, on vous avertit,
Aussi bien l'affaire vous touche,
Qu'on vient de baiser une bouche,
Dans la ruelle de ce lit.

La réponse fut aussi un quatrain, que des Réaux se garde bien d'oublier; et si Henriette de Rohan est l'auteur de celui qui précède, elle dut regretter plus d'une fois d'avoir fourni à Bassompierre des rimes aussi compromettantes.

(3) A propos d'une entreprise qu'on disait avoir été faite sur le château de la Garnache, appartenant à Henriette de R., Du Plessis-Mornay écrivait à Jaucourt de Villarnoul, son gendre, le 22 mai 1610 : *Si cela est, Madamoiselle de Rohan fera beau bruit.*

Mais puisqu'on ne m'écrit, à nul je ne veux plaire ;
Mais puisqu'on ne m'écrit, je dirai sans émoi
Que l'oubli peut sur vous et le dépit sur moi :
Car l'un m'a fait parler et l'autre vous fait taire.

Elle explique ingénieusement dans le second l'inconstance d'une dame. La flèche décochée par l'amour ne l'a touchée que de son bout emplumé, tandis que le dard a percé le cœur de l'amant, auquel l'auteur donne ce sage conseil :

Ne regrettez donc plus votre cruel servage,
Car c'est un gain de perdre un objet si volage ;
Mais regrettez plutôt vos soupirs superflus.
Toutefois des soupirs, ce n'est que pure perte :
Laissez donc tous les vents à cette girouette ;
Pleurez d'avoir aimé, riez de n'aimer plus.

S'il y a bien de l'esprit dans ces vers, on trouvera une très-juste appréciation littéraire et une grande élévation de pensée et d'expression dans le dernier sonnet, intitulé : JUGEMENT SUR QUATRE POÈTES.

Quand je lis un Ronsard, prince des lauriers verts,
Quand je vois de Bartas (1) le discours magnifique,
Quand je vois de Garnier l'œuvre toujours tragique,
Et du naïf Bellay les ouvrages divers,
La gravité de l'un je vante en l'univers,
Je loue du second le langage angélique,
Je vais chantant du tiers la muse poétique,
J'estime du dernier les doux et coulants vers.
Ainsi ces beaux écrits attachent mes oreilles :
Est-il rien de si beau, dis-je, que ces merveilles ?
Mais quand un bruit commun me rapporte à l'instant
Ces nouveaux vers de cour, je dis en ma pensée :
Est-il rien de si fol que ceux qui vont chantant
La beauté d'Andromède et l'amour de Persée ?

(1) Guillaume de Saluste, sgr du Bartas, auteur de *la Semaine ou Création du monde*, et autres poèmes religieux, est le premier poète dans

La santé délicate d'Henriette de Rohan fut si profondément altérée par la mort de la duchesse de Nevers, qu'elle dut recourir à sa sœur pour exprimer en vers ses regrets sur la perte de cette intime amie. Avec une grande concision, elle écrivait bien en prose, comme le prouvent ses huit lettres à la duchesse de la Trémoille (1) (Charlotte Brabantine de Nassau), publiées par M. Imbert.

§ III. — ANNE DE ROHAN. Née en 1584 et plus jeune de sept ans, celle qu'Henriette nomme toujours sa *Petite Sœur* dans la correspondance publiée par M. Imbert, s'y dépeint avec beaucoup plus d'abandon, soit par le témoignage de son amitié expansive et respectueuse envers l'avant-dernière fille de Guillaume le Taciturne, soit par l'aimable simplicité avec laquelle elle la tient au courant des nouvelles de la cour. Douce et pieuse, jolie et savante, elle partageait l'infortune de ses proches et de ses amis avec autant de résignation et d'énergie qu'elle savait mettre de sensibilité à exprimer la douleur causée par leur perte. Elle mourut à Paris, le 20 septembre 1646, sans avoir été mariée, parce que, comme Henriette, elle ne voulut ni abjurer ni déroger, ayant survécu à tous les enfants de Catherine de

le genre héroïque dont s'honore notre littérature. Né en 1544, il mourut âgé d'environ 46 ans. *V.* Haag, *la France Protestante.*

Robert Garnier, né en 1546 et mort en 1601, a laissé neuf tragédies qui ont été les délices de la France jusqu'à Rotrou et Corneille.

Joachim du Bellay, dont la famille a possédé en Poitou les baronnies de Commequiers et de la Forêt-sur-Sèvre.

Ronsard a eu pour mère une poitevine, Jeanne Chaudrier dame de Cirières près Thouars, dont j'ai fait connaître l'aventureuse jeunesse *Lettres-missives du Chartrier de Thouars, série du XVe siècle, pages 151-155.*

(1) Voir n°s 10, 27, 29, 32, 35, 45, 49 et 51.

Parthenay et presque au nom de Rohan-Soubise, déjà flétri par la conduite scandaleuse de Marguerite de Béthune, l'indigne femme de son frère aîné.

Tallemant des Réaux, rochelais et nouveau catholique, est aussi malveillant à son égard qu'envers les autres membres de la famille qui avait excité la résistance, mais aussi partagé les malheurs d'un siége à jamais mémorable. Il la dit bonne fille, mais fort simple, quoi qu'elle sût du latin ; détail inexact (1), des Réaux ayant confondu cette langue avec l'hébreu, qu'Anne traduisait à livre ouvert (2). Il est par exemple dans le vrai en ajoutant qu'elle fit des vers toute sa vie, les premiers connus d'elle étant antérieurs à sa quinzième année ; mais il devient injuste en ajoutant : « à la vérité ils n'étoient pas les meilleurs du monde. »

Le très-savant et très-habile éditeur de des Réaux (3), M. Paulin Paris, qui n'est pas suspect de partialité envers les anciens coreligionnaires de Henri IV, a protesté contre cette appréciation des poésies d'Anne de Rohan : « Elles « ne sont pas méprisables, dit-il, et pourroient justifier « une publication ; » puis après avoir imprimé trois élégies qu'il venait de découvrir dans le manuscrit de la Bibliothèque nationale déjà cité, il ajoute : « Il y a bien du « mauvais goût dans ces vers, mais on y trouvera aussi, je « l'espère, un sentiment vrai de l'harmonie poétique, et ce « qu'on appeloit *génie* naturel au temps où Mlle de Rohan « vivoit. » Contemporaine de Malherbe, Anne est bien excusable de n'avoir pas mis en pratique tous les préceptes

(1) Dans sa lettre originale dont M. Imbert a publié le texte, sous le nº VII, elle nomme *Impasser*, au lieu de *In Pace*, la prison où fut enfermée la béate Julia, pour avoir provoqué de graves scandales dans plusieurs familles napolitaines.

(2) Dreux du Radier, vol. 5, p. 483.

(3) Voir tome 3, pages 430 et 458-461.

dont profitèrent les générations suivantes ; mais par la variété et l'élégance du rhythme, elle a sinon surpassé du moins égalé les divers poètes de son temps ; et à part son goût pour l'antithèse et quelques expressions surannées, elle aurait obtenu de M. Paulin Paris encore plus d'éloges s'il eût connu ses derniers vers, notamment les chants de douleur inspirés par la perte de sa mère.

Sur le nombre considérable de poésies composées par Anne de Rohan, quatre ou cinq à peine sont citées dans les Biographies (1). Nous en avons retrouvé vingt-quatre : sept relatives à divers sujets, tous sérieux, et dix-sept dans lesquels elle exprime sa douleur sur la mort de parents et d'amis. A peu près sans commentaire et sans appréciation, leur objet et leur source vont être énumérés, avec reproduction de quelques passages dont la lecture fera connaître le caractère et le talent de l'auteur. Simple archiviste, nous recherchons et recueillons patiemment et minutieusement, pour de véritables lettrés, les éléments d'un travail dont la compilation n'est pas leur fait.

Dans chacune des deux séries indiquées plus haut, les pièces sont classées par ordre chronologique. Pour la première, c'est suivant cet ordre que nous les citons, mais nous ne nous y sommes pas astreint pour la seconde.

§ IV. — Poésies funèbres d'Anne de Rohan. La première pièce, n° 1, remontant à 1599, est le huitain dans lequel elle déplore la perte de son amie d'enfance, Catherine de Chivré. Il est inédit et a été communiqué au Comité des travaux historiques par M. de la Bauluère. Nous en devons la copie à l'obligeance de M. Servaux.

(1) L'indication la plus complète est celle donnée par M. L. Prével, *le Château de Blain*, p. 142, d'après les notes de M. Bizeul, qui a eu entre les mains les volumes de Jean Janon et de Pierre Aubert.

Hélas ! puisque la mort, o ma chère compagne,
A déjà retranché le fil de tes beaux jours,
Par les bois écartés ou dans quelque montagne,
Je te veux dire encor ces funèbres discours.
Les oiseaux à l'envi disent chanson nouvelle,
Saluant le printemps qui se montre si beau ;
Mais moi je veux pleurer avecque Philomèle,
Puisque tout mon plaisir est dedans le tombeau.

Les trois pièces suivantes se trouvent aux pages 70, 72 et 78 du *Tombeau de la Duchesse de Deux-Ponts.*

Le n° 2, *Vers de Mlle Anne de Rohan sur la mort de Mme la duchesse de Deux-Ponts, sa sœur,* est une élégie de douze strophes. Elle a été réimprimée, avec une transposition et plusieurs fautes, dans le *Bulletin du Bouquiniste* du 1er mars 1868, et d'après lui par le *Bulletin de la Société de l'Histoire du Protestantisme,* XVIIe année, p. 168. Voici les strophes VIIIe et X^e :

O mort, que ne viens-tu, pitoyable, me prendre ?
O mort, que ne veux-tu, libérale, me rendre
Ce qui m'étoit si cher ?
Retire moi d'ici, réponds à qui t'appelle.
Tu crains de me toucher et tu n'as pas, cruelle,
Crainte de me fâcher !

Puisque la mort ne veut écouter ma complainte,
Chère âme, réponds moi de ta demeure sainte,
Moi qui pleure en ce lieu.
Mais, las ! Tu ne sais pas le deuil qui me consomme,
Car pourroit-on penser aux misères de l'homme
En la gloire de Dieu !

Le n° 3 est intitulé : *Sonnet d'elle-même sur le même sujet ;* et le n° 4 : *Labyrinthe de madite dam^olle Anne de Rohan, aussi sur le même sujet.* Des vingt-cinq stances dont se compose celui-ci, nous donnons les IVe et V^e.

Je veux plaindre partout la perte de ma joie,
Et que des yeux de tous mon déplaisir se voie
Comme chacun le sait.
Car, las ! Je sens un mal qui n'a point de semblable,
Que je puis bien nommer cruel et incurable,
Puisque la mort l'a fait.

Non, non, je veux plutôt pleurer sans être vue ;
Je veux que ma douleur ne soit point aperçue
Ni mon cri empêché.
Celui qui, en perdant, d'amitié n'est capable
Publie son deuil feint, mais le plus véritable
Est souvent plus caché.

Au nº 5 vient la pièce de vingt-cinq *Stances de Mlle Anne de Rohan sur la mort du Roi* Henri IV, en 1610. Cette année même elles ont été publiées, en plaquette, dans diverses villes, et notre texte, dû à l'amitié de M. le professeur Eug. Réaume, est celui de Pierre Chevalier (Paris, au Mont-Saint-Michel). Théodore-Agrippa d'Aubigné, auquel l'irréparable malheur qui venait de frapper la France fit tomber la plume des mains, en a imprimé, à la fin de son Histoire Universelle, les stances I à XIII, laissant parler mieux que lui, dit-il, « Anne Rohan, princesse de « Léon, dont l'esprit a été trié entre les délices du ciel. » L'anonyme qui prétend avoir donné, en 1862, une édition des poésies d'Anne, s'est contenté de reproduire les cinq premiers de ces vingt-cinq sixains, et ce ne sont pas les meilleurs. Nous citons seulement les VIIIe et IXe, avec le commencement du XIVe.

Regrettons, soupirons cette sage prudence,
Cette extrême bonté, cette rare vaillance,
Ce cœur qui se pouvoit fléchir et non dompter ;
Vertus de qui la perte est à nous tant amère
Et que je puis plutôt admirer que chanter,
Puisqu'à ce grand Achille il faudroit un Homère.

Mais parmi ces vertus par mes vers publiées
Lairrons nous sa clémence au rang des oubliées,
Qui seulement avoit le pardon pour objet ?
Pardon qui rarement au cœur des rois se treuve.
En parle l'ennemi, non le loyal sujet ;
En fasse le récit qui en a fait l'épreuve.

France, pleure ton Roi, qu'un noir cachot enserre ;
Roi florissant en paix, victorieux en guerre,
Qui conservoit des tiens les biens, les libertés !....

Sous les nos 6, 7 et 8, nous plaçons les trois élégies sur la mort de Catherine de Lorraine, femme de Charles de Gonzague-Clèves, duc de Nivernois et de Réthelois, &, &(1), décédée à Paris, le 8 mars 1618, âgée de trentre-trois ans. Anne les composa, sinon toutes du moins la première, au nom de sa sœur Henriette, que sa profonde douleur, tournée en ridicule par des Réaux (2), rendait incapable de lui rendre ce dernier hommage. Ces deux pièces sont copiées à la page 118 du manuscrit de la Bibliothèque nationale cité plus haut. M. Paulin Paris, qui les a imprimées, tome 3e, pages 459-461, a oublié dans la seconde (no 7) deux vers de la première strophe et n'a pas reproduit les deux dernières. Il a aussi omis les strophes II, IV et V de la troisième, no 8. Si l'éditeur anonyme des *Poésies d'Anne de Rohan-Soubise* donne ces dernières, il a ajouté pour les trois pièces (pages 61 à 66 de son livre) de nombreuses fautes aux omissions de M. Paulin Paris.

(1) V. Anselme, Histoire généalogique, vol. 3, pages 490 et 713. Dans la note qu'a reproduite M. Prével (le Château de Blain, page 142) M. Bizeul mentionne *une Elégie composée en l'honneur d'Henriette de Savoie, duchesse de Nevers,* morte en 1601, à l'âge de 63 ans. Je crois qu'il s'est trompé en attribuant à la belle-mère le no 6, qui concerne sa bru et qui a été imprimé dès 1618.

(2) Vol. 3, p. 431 de l'édition de M. Paulin Paris.

Le n° 6 intitulé : *Vers de Mlle Anne de Rohan, en la personne de Mlle de Rohan, sa sœur, sur un portrait qu'elle faisoit de feue Mme la duchesse de Nevers*, est composé de sept strophes, dont voici les ve et vie.

Venez sur ces cheveux
Des pleurs épandre,
Lamentez ces beaux feux (1)
Qui sont en cendre ;

Pleurez ce teint de lys,
Sa bouche belle ;
Plaignez tous ma Philis
Et moi plus qu'elle.

Des six stances du n° 7, *Autres vers sur le même sujet*, on va lire les trois citées plus haut, dans la première desquelles sont imprimés en italiques les vers omis par nos devanciers.

Quand l'aurore aux doigts de roses,
Pour nous montrer toutes choses,
D'ouvrir ses paupières closes
Fait effort,
Lors ma bouche ne respire,
Mon triste cœur ne soupire
Et mon esprit ne désire
Que la mort.

Lorsque la nuit solitaire
Tend de deuil notre hémisphère
Et que le sommeil, son frère,
Nous endort,
Dedans l'horreur des ténèbres
Je rends mes plaintes célèbres,
Adressant mes chants funèbres
A la mort.

(1) C.-à-d. *yeux*.

Ainsi donc, quoique je fasse,
Mon souvenir ne s'efface,
Le deuil qui dans moi se place
Est si fort
Que mon cœur dans lui se plonge,
Qu'en lui chaque heure je songe ;
Et nul ennui ne me ronge
Que la mort.

Le n° 8, dont le titre est le même, a sept stances du rhythme le plus harmonieux, témoin la première et la dernière.

Aux fontaines,
Dans les plaines
D'œillets pleines
Et de lys,
Languissante
Je lamente
D'être absente
De Philis.

Mort certaine,
Inhumaine,
Qui ma peine
N'abolis,
Viens me prendre
Pour me rendre
A la cendre
De Philis.

Le n° 9, *Sonnet à M. Spanheim sur la mort de M. Durant;* et le n° 10, *Quatrain sur le tombeau de M. Durant*, adressé *à la terre*, sont consacrés à la mémoire du célèbre ministre de Charenton qui mourut en 1626. Pièces 6e et 11e du manuscrit de Bessinges, dont la copie nous a été communiquée par un généreux ami, M. Jules Bonnet, ces vers paraissent inédits. Quoiqu'ils expriment des regrets touchants, il suffira de les signaler ainsi que les pièces suivantes :

N° 11, *Pour le tombeau d'une fille de Mme de la Tabarière par Mlle de Rohan ;* et n° 12, *Epitaphe fait pour M. de Saint-Hermine par Mlle Anne de Rohan.*

Ces deux sonnets, genre de poésie dans lequel elle ne paraît pas avoir excellé, honorent le souvenir de deux enfants de Jacques des Nouhes, sgr de la Tabarière (1) et de Sainte-Hermine, et d'Anne de Mornay, fille du grand Du Plessis : Catherine, morte en 1627 à l'âge de seize ans et demi, et Philippe qui périt glorieusement à l'un des assauts du siége de Bois-le-Duc (Pays-Bas), âgé de vingt-cinq ans. Découverts à la bibliothèque de l'Arsenal (Paris), dans un petit volume intitulé : *Lettres de Consolation écrites à M. et Mme de la Tabarière*, &, &, ils ont été réimprimés, en 1863, dans le Bulletin de la Société de l'Histoire du Protestantisme (XIIe année, pages 51 et 52).

Le n° 13, qui paraît inédit, est la pièce 9e du manuscrit de Bessinges. D'Aubigné, mort le 29 mai 1630, a si longtemps habité le Bas-Poitou et y a joué un rôle si actif que nous ne pouvons pas omettre ce sincère hommage de sympathie pour la cité, chère aux huguenots, où s'était retiré un des plus anciens et énergiques amis de la maison de Rohan.

Sonnet à la ville de Genève sur la mort de M. d'Aubigné.

Excellente cité, refuge des pieux,
Où le vice on abhorre et la vertu s'admire,
Je pensois t'exalter ou pour le moins décrire
La bonté de tes lois, la beauté de tes lieux ;

(1) Près Chantonnay.

Mais le dur sentiment de ton deuil soucieux,
Ta perte m'étant perte, à te plaindre m'attire;
Au lieu de t'admirer, avec toi je soupire
Ton noble citoyen, qui l'est ores des cieux.
Déplorons ce malheur, rendons ce qu'on peut rendre,
Par cris et par écrits, à cette digne cendre;
Faisons à nos clameurs les muses accourir.
Toi grave sur sa tombe, en tes larmes trempée :
« Ci-gît de qui l'esprit et la plume et l'épée
« Me pouvoient conseiller, louer et secourir ! »

Anne perdit, le 26 octobre 1631, âgée de soixante-dix-sept ans, sa digne mère Catherine de Parthenay, avec laquelle d'Aubigné l'avait proposée pour exemple à ses filles, en ces termes : « Nous avons vu depuis reluire en France cet « excellent miroir de vertu la duchesse de Rohan, de la « maison de Soubize, et dans son sein Anne de Rohan, sa « fille. Les écrits des deux nous ont fait cacher nos plumes « plusieurs fois ; en elles deux les vertus intellectuelles et « morales ont eu un doux combat à qui surmonteroit » (1).

Depuis sa naissance, Anne ne l'avait pour ainsi dire pas quittée un seul jour, soit dans la visite des terres composant le patrimoine des Rohan et des Soubise en Poitou, Bretagne et Saintonge, faite chaque année avant de se rendre à la cour et aux eaux, soit dans ses voyages d'un bout de la France à l'autre et lors des rudes épreuves du siége de la Rochelle. Privée de la compagnie de ses frères Henri duc de Rohan et Benjamin sgr de Soubise, qu'entraînaient au loin la politique et la guerre, elle se trouvait désormais ou isolée ou embarrassée dans les intrigues de sa belle-sœur et de sa nièce. Son unique consolation fut de pleurer celle dont elle avait honoré et embelli l'existence

(1) V. Œuvres complètes de d'Aubigné, édition Lemerre, vol. 1, p. 447.

et de voir l'estime que le monde faisait de son caractère comme de son esprit. On admirera toujours son dévouement filial, attesté par l'élévation des sentiments et du style des quatre poésies consacrées à la mémoire de Catherine de Parthenay, n°s 14 à 17.

Précédées d'une lettre d'Anne à son frère aîné, Henri, elles ont été publiées *à Genève, par Pierre Aubert,* en 1636, sous le titre de : *Plaintes de très-illustre princesse Mlle Anne de Rohan, sur le trépas de Mme de Rohan, sa mère.* Cette précieuse plaquette, qu'un de nos plus vieux amis possède, est si mince (32 pages in-12), que, serrée avec le soin requis, elle n'a pu être retrouvée au moment où nous en avions besoin ; malheur dont on doit presque se féliciter, puisqu'il a provoqué et amené la découverte du manuscrit de Bessinges, contenant dix pièces de plus.

Notre n° 14, pièce 1re de ce Mst. comme du livre de Pierre Aubert, a été imprimé, avec quelques fautes, dans le Bulletin de la Société de l'Histoire du Protestantisme, (XIVe année, p. 333) d'après le Mst. n° 1569 du Fonds-Saint-Germain à la Bibliothèque nationale. Il est intitulé : *Prière de Mlle Anne de Rohan en son affliction pour la mort de sa mère.* Nous le donnons dans son entier, à la suite de ces Recherches, comme l'une des œuvres qui font connaître le mieux notre pieuse et savante compatriote et surtout parce que, dans le département de la Vendée, il n'est connu que de quatre ou cinq personnes.

Le n° 15, pièce 2e du Mst. de Bessinges et page 12 du volume de P. Aubert, a pour titre : *Plaintes sur le même sujet.* Il se compose de dix stances, dont voici les VIIIe et IXe. Après avoir instamment appelé, dans les précédentes, la mort qui seule peut finir ses maux, Anne s'écrie, avec une humilité vraiment chrétienne :

O parole
Par trop folle !
Quelle école
M'apprit d'ainsi discourir ?
Aucun être
Sans son maître
Ne fait naître
Et ne peut faire mourir !

O Dieu juste,
Tout auguste,
Viens, robuste,
Bon Seigneur, me secourir ;
Moi pauvrette
Qui souhaite
Et m'apprête
De pouvoir en toi mourir !

Sur les quinze strophes du n° 16, intitulé aussi *Plaintes sur le même sujet* (pièce 3e du Mst. de Bessinges et page 16 du livre de P. Aubert) plusieurs offrent un intérêt tout particulier par la description des eaux et bocages du Parc-Soubise (1). Nous en publions six, de la IIIe à la VIIIe.

En mes maux, presques indicibles,
Je parle aux choses insensibles
Qui ne peuvent me secourir,
Et dis, en ouvrant ma fenêtre :
O beau jardin qui m'as vu naître,
Pourquoi ne me vois-tu mourir ?

(1) « Nos déserts en cette saison ne sont point mal plaisants ». Lettre d'Anne de R. à la duchesse de la Trémoille, datée du Parc-Soubise, le 31 mai 1616.

Vous, arbres, de qui la verdure
Ne redoute point la froidure,
Bien que vous aimiez le temps beau,
Droits cyprès, votre aspect me tue.
Las ! au lieu de borner ma vue
Vous devriez orner mon tombeau.

O vous, ondes claires et nettes,
Fidèles miroir des planettes,
Où jadis tant de doux accords
Sur nos luths nous faisions entendre,
Las ! pourquoi ne voit-on ma cendre
Croître le sable de vos bords ?

Vous, chaussées toujours couvertes
D'herbe courte, également vertes,
Promenoirs pour moi superflus,
Issues quasi sans pareilles,
Las ! pourquoi vois-je vos merveilles
Ou pourquoi ne la vois-je plus ?

Parfois, seulette et triste, j'ose
Aller où ce cher corps repose
Que j'estime plus qu'un trésor.
Lors je dis au deuil qui me serre :
« Faut-il qu'un peu de plomb enserre
« Celle qui valoit mieux que l'or ? »

Ainsi je plains mes maux extrêmes,
N'ayant de témoins que moi-mêmes,
Puis je dis dans ce lieu secret :
« Fais, Seigneur, par ta grâce immense,
« Que les pleurs de la pénitence,
« Succèdent à ceux du regret. »

N° 17, pièce 4e du Mst. de Bessinges et page 20 du volume de P. Aubert.

De ses vingt-six stances, nous regrettons de ne pouvoir imprimer que les IIIe, IVe, XXIIe et XXIIIe de *l'Ode chrétienne sur le même sujet,* adressée au duc de Rohan, son frère :

J'étois ces jours dans un lieu sombre
Où je suis souvent par désir,
Séjour autant ami de l'ombre
Comme ennemi de tout plaisir,
Devant un cercueil vénérable
Qui rend mon état déplorable.
Un objet parut à mes yeux,
Une image au front radieux,
Qui fut d'une excellence telle
Que j'estimois en mon émoi
Qu'elle avoit plus de grâce en elle
Que je n'ai de douleur en moi !

« Je viens te voir, me dit la belle,
« Dedans ce lieu rempli pour toi,
« Au fort de ta douleur cruelle,
« Plutôt de respect que d'effroi.
« Je veux, par mes paroles saintes,
« Soulager ta peine et tes plaintes.
« C'est moi qui épanche mes biens
« Sur ceux que ton Dieu nomme siens.
« Pour lui mon amour est extrême,
« Sa gloire c'est tout mon souhait,
« Je chéris l'innocent qui l'aime,
« Je hais l'aveugle qui le hait ».

O Piété, vierge admirable,
Je te connois, lui dis-je alors !
Tu soutiens l'esprit misérable
Enfermé dans un foible corps.
Mon cœur te chérit et révère !
Dès ma plus tendre primevère ;
J'ai toujours éprouvé ton soin
Lorsque de toi j'ai eu besoin :
Voyant combien ce coup m'est rude,
Sois dedans mes afflictions
Compagne de ma solitude,
Maitresse de mes actions.

Quand la mort, aux mondains si fière,
Que le Seigneur a vaincu seul,
Viendra changer mon lit en bière
Et mes habits en un linceul,
Tiens le haut bout dessus ma couche.
Que je sois l'écho de ta bouche ;
La Charité avec la Foi
Soient toutes deux jointes à toi,
Et veuille le Facteur des Anges
Que sur leurs secourables mains
J'aille au ciel chanter ses louanges
Au sein du Sauveur des humains.

Les strophes VI à XIII sont consacrées aux saintes et pieuses femmes de l'ancien et du nouveau Testament ainsi qu'à celles du protestantisme. De la XIVe à la XXIe, la Piété fait l'éloge de Catherine de Parthenay et raconte à grands traits sa vie. Dans la Xe elle avait ainsi parlé de LA BIENHEUREUSE VIERGE :

Ce chef-d'œuvre de la nature,
Tant favori de son auteur,
L'incomparable créature
Qui enfanta son créateur,
Fut de moi autant estimée
Que partout elle est renommée.
Sa maison étoit mon séjour,
J'étois l'objet de son amour...

Beaucoup d'autres poésies du même genre ont sans doute été composées par Anne de Rohan, sur la mort de sa sœur Henriette d'abord, puis sur celle de ses frères Henri et Benjamin ainsi que sur la perte d'amis de sa mère et d'elle. Avec un peu d'attention les fureteurs intelligents devront en retrouver quelques-unes, entre autres le sonnet sur la mort du père de Mme de Villette, envoyé à celle-ci par Catherine de Parthenay dans sa lettre du 13 juillet 1630, qui faisait partie de la vente la Jariette (de Nantes), n° 2567 du catalogue.

Cette dame étant Louise-Artémise d'Aubigné, femme de Benjamin le Valois, sgr de Villette, c'est du célèbre guerrier-écrivain qu'il s'agit. Toutefois nous croyons ce sonnet autre que celui imprimé plus haut, n° 13.

On doit surtout vivement regretter les vers dont Anne parle elle-même en ces termes, dans sa lettre du 16 décembre 1620 à la duchesse de la Trémoille :

« Madame, la véritable amitié que vous portiez à « madame votre belle-mère (Louise de Colligny, princesse « d'Orange), et le regret extrême que vous en témoignez, « me fait croire que vous n'aurez désagréable que je vous « dédie les regrets que j'ai donnés à sa mémoire.

« Je sais bien, Madame, qu'ils ne sont dignes ni de son « mérite ni de votre vue ; mais je me promets que vous « aurez en ceci égard à mon affection et non pas à ma « science, l'une surpassant l'autre de beaucoup ».

Ces *Regrets* devaient être d'autant plus touchants que, d'accord avec ses belles-filles, Mmes de Bouillon et de la Trémoille (1), Louise de Colligny avait voulu marier avec

(1) Cette dernière, Charlotte-Brabantine de Nassau, faisait aussi des vers. On n'en a retrouvé aucun, mais le fait est prouvé par l'extrait suivant de la lettre qu'Anne de Rohan lui écrivit de Forges-les-Eaux, en Normandie, le 22 août 1617 :

« Je suis trop heureuse d'avoir fait quelque chose qui vous soit « agréable, et ne puis que je ne soie merveilleusement glorieuse de ce « que vous souhaitez un grain de folie pour me répondre, car il me « semble impossible d'être poète sans en avoir un peu....

« En attendant, je vous rendrai grâce de vos vers et vous supplierai « très-humblement, en prose, de me croire, Madame, votre très-humble « et très-affectionnée servante.

Anne de Rohan son fils Henri de Nassau. Leurs actives démarches échouèrent parce que celui-ci, ayant alors deux frères aînés, incertain de l'avenir et attendant fort peu de chose de la succession paternelle, ne voulait pas « changer « sa condition si ce n'étoit pour quelque parti, ce qu'il ne « croit pas que soit celui-là ». Le passage suivant d'une autre lettre (1) de la princesse d'Orange paraît se rapporter encore à notre auteur : « J'ai reçu les belles stances que « cette belle et vertueuse fille a faites. Cet esprit tout « parfait ne peut rien produire qui ne lui ressemble ». Nous ignorons à quel sujet peuvent se rapporter ces derniers vers, à moins que ce soit la pièce inspirée par la lecture des voyages de son frère aîné, que l'on trouvera à la fin du paragraphe suivant.

§ V. — Poésies diverses d'Anne de Rohan. Malheureusement cette série, nos 18 à 24, n'offre que sept pièces, dont les trois dernières rentrent presque dans la série précédente. Ainsi les nos 22 et 23, pièces 12e et 13e du manuscrit de Bessinges, sont des paraphrases sur les psaumes 88 et 124, chacune de cinq strophes.

Il suffira de citer la première du no 22 et la dernière du no 23.

Quand l'effroyable nuit son manteau noir détache,
Quand le flambeau du jour dedans l'onde se cache,
Ma bouche de ses cris fait tout l'air résonner.
Seigneur, de mon salut vois ma détresse grande :
Je demande secours, tu me le peux donner,
Et tu veux le donner à qui te le demande.

(1) V. Lettres de Louise de Colligny à la duchesse de la Trémoille, 12 février 1609 et 14 janvier 1610.

Notre aide vient d'en haut, de Dieu qui fit les cieux,
La terre et les humains de ses doigts précieux,
Qui sauva tant de fois son église ancienne.
Soit doncques à jamais célébré son renom :
N'ayons bouche ni voix que pour louer son nom,
N'ayons de volonté que pour faire la sienne.

La faveur avec laquelle ces paraphrases furent accueillies, et aussi la profonde connaissance que Mlle de Rohan avait de la langue hébraïque, lui firent adresser par l'abbé de Marolles, la traduction en prose des Psaumes qu'il venait de publier en 1644. D'après les notes de M. Bizeul (1), après l'avoir lue Anne lui adressa des *vers obligeants*. Nous regrettons d'autant plus de ne les avoir pas retrouvés qu'ils doivent être des derniers qu'elle ait faits.

La copie contemporaine du n° 24 et dernier, 14e pièce du manuscrit de Besssinges, envoyée sous forme de lettre-missive à un M. de Pougne et recueillie par la famille Tronchin, porte pour titre : *Vers de Mlle Anne de Rohan pour la préparation à la Cène.* Des six strophes dont elle se compose, voici les IIe et IVe.

Par la main de la foi, par ta bouche, mon âme,
Pour guérir tes douleurs reçois le saint dictame,
Ce corps qui a rendu ton méfait effacé.
Par ces biens, de ton Dieu magnifie la gloire :
Que toujours ce bienfait demeure en ta mémoire,
Ce qu'il souffrit pour toi, par toi soit annoncé.

Toi qui reçois ce jour un si grand avantage,
De ton Sauveur le corps, de ton salut le gage,
Veuille pour cet effet tous tes péchés bannir.
Pleure d'avoir mal fait, désire de bien faire ;
Mais il faudroit, mon âme, afin de lui complaire,
En pleurant le passé amender l'avenir.

(1) L. Prével, *le Château de Blain*, p. 142.

Ces trois pièces ne portent aucune date, mais on peut les attribuer aux dernières années d'Anne de Rohan.

Si le nº 19 : *Sonnet qu'une princesse écrivit à la fin des Tragiques* (vers 1616) est bien connu des lecteurs du grand poème de d'Aubigné, nous croyons inédit le nº 21, pièce 8e du Mst. de Bessinges, qui a pour titre : *Plainte et prière sur l'arrestation de M. le duc de Rohan, son frère, à Montpellier* ; *advenue le ..... mars 1623* (1). De ses neuf strophes, on va lire les ve, vie et viie.

Seigneur, viens tirer de peine
Le captif qui de la haine
Ressent maintenant l'effet
Pour ce que tien il se nomme,
Servant le Dieu qui fit l'homme,
Non celui que l'homme fait.

Fais qu'à toi seul il s'attende,
Fais qu'à toi son désir tende,
Fais lui connoître en ce lieu,
Où l'injustice l'enserre,
Que les Dieux qui sont en terre,
Ne sont que terre envers Dieu.

Veuille préserver sa vie
Contre la haine et l'envie,
Assiste lui de tout point,
Que ton bras soit sa défense ;
Mais gardant qu'on ne l'offense,
Fais qu'il ne t'offense point.

L'année précédente Benjamin de Rohan, frère puîné du duc, ayant débarqué avec une nombreuse troupe de Rochelais sur les côtes du Talmondais, avait été complète-

(1) V. Levassor, *Histoire de Louis XIII*, édition in-4º, vol. 2, p. 543-544.

ment battu, dans l'île de Riez en Bas-Poitou, par l'armée que commandait Louis XIII en personne.

Le chagrin causé par cette funeste expédition, et le déshonneur qui en résulta pour son chef, furent vivement ressentis par la famille de Rohan. Anne voulut s'en rendre l'interprète, mais le cœur lui manqua sans doute quand il s'agit de mettre en vers le canevas préparé par elle. Imprimé l'année même à Paris, par Nicolas Rousset, il a pour titre : *Les larmes et regrets de Mlle de Rohan sur la déroute de M. de Soubize, son frère, 1622.*

Nous n'hésitons pas à placer cette pièce dans notre recueil, sous le nº 20, parce que si elle est authentique, comme nous le croyons, elle montre le travail auquel Anne se livrait avant de donner à ses pensées la forme poétique.

Très-important pour l'histoire de notre contrée, ce morceau, assez long, a échappé à tous les auteurs qui ont raconté la victoire de Louis XIII, M. de Sourdeval entre autres qui a publié, en 32 articles, la bibliographie de cette expédition (1). Nous espérons qu'il sera réimprimé dans l'Annuaire de 1875, afin qu'on puisse le comparer avec la chanson poitevine bien connue *Sur la réjouissance de la mise en déroute de Benjamin de Rohan, s^r de Soubize, et de ses gens.*

Nous avons gardé pour la fin les stances qui, dans ce recueil, portent le nº 18, parce qu'elles sont, à notre avis, les plus importantes de la série des poésies diverses. La première strophe est bien du temps où

La Muse en français parlait grec et latin ;

et l'on trouve dans les suivantes, avec l'estime que les Rohan avaient d'eux-mêmes malgré la gêne de leur

(1) V. *Annuaire de la Société d'Émulation,* vol. VII, pages 97 et 131.

maison, une admiration pour le chef de la branche de Soubise qui paraît un peu grande, mais n'est pas démentie par l'histoire. Quelques légers défauts n'empêcheront pas d'apprécier ces dernières stances.

Improvisées après la lecture du récit, rédigé à loisir par Henri de Rohan, des voyages qu'il avait faits en Italie, Allemagne, Angleterre et Ecosse, au commencement du dix-septième siècle, elles n'ont probablement pas été données avec les Voyages, parce que la modestie de l'auteur s'est refusée à leur impression comme à celle de la plupart de ses autres œuvres. MM. Haag les ont découvertes dans le manuscrit de la bibliothèque de l'Institut nº 170, de la série in-4º, et ils n'ont publié (1) que les strophes V et VI ; voici dans son entier la pièce qui paraît avoir été composée par Anne après la rupture du projet de mariage dont il est parlé plus haut.

Comme la melisette (2) en un jardin picore,
Sur mille belles fleurs dont le printemps s'honore,
L'odeur, le suc, la manne, heureux présent du ciel,
Soef (3), amer, doux, piquant, délicat, agréable,
Chacun égal à soi, aux autres dissemblable ;
Mais de toutes enfin elle en forme son miel.

Ainsi ce voyageur des nations étranges,
Diverses en humeurs, diverses en louanges,
Prend le bien, le mal laisse, et de chacune à part
Nous montre les humeurs, nous apprend les coutumes ;
Et de simples si beaux enrichit ses volumes
Qu'il en fait non du miel, mais du baume et du nard (4).

1) V. *La France protestante,* vol. 8, p. 474.

(2) L'abeille.

(3) En latin, *suavis.*

(4) « Henri de Rohan... partit de Paris le 8 mai 1600, employa 20 mois « à voyager en divers pays de l'Europe, particulièrement en Allemagne

Volume où l'Angleterre à la France ressemble,
Volume en qui la Marne avec le Rhin s'assemble,
Celui qui vous écrit, et par qui vous vivez,
Pourquoi n'est sa fortune à sa valeur égale ?
Pourquoi n'assemble-t-elle à son humeur royale
Encor plus de pays que vous n'en décrivez ?

Terres, peuples, pays qu'il daigna reconnaître,
Fussiez-vous si heureux que de l'avoir pour maître
Et de lui conserver votre fidélité ?
Vous verriez pour le moins, bienheureuse province,
Régner un philosophe et gouverner un prince
Amateur, non tyran, de votre liberté.

Caton n'eut en son temps nulle belle effigie,
Parce que la vertu est sujette à l'envie.
Ainsi, mon voyageur, peut-on dire de vous
Qu'où fault (1) votre pouvoir votre vertu commande.
C'est d'où vient que chacun, en vous voyant, demande :
Pourquoi n'est celui-là né pour régner sur nous ?

Si l'astre qui guida ton heureuse naissance
Eût fait à ta vertu égale ta puissance,
Tu verrois mille rois à tes pieds abattus.
Le ciel t'a honoré de valeur non commune,
Mais de ses biens se montre avare la fortune
Autant que le ciel est libéral de vertus.

« et en Italie, et pénétra si avant dans le secret de ces États qu'on peut « dire que personne n'a écrit avec plus de bon sens de la politique des « Italiens et des intérêts des princes d'Allemagne. Il fut, pendant un « temps, regardé en plusieurs occasions comme héritier du royaume de « Navarre, après le roi Henri IV et la princesse Catherine sa sœur ». *Le P. Anselme*, *Histoire généalogique*, vol. IV, p. 73.

Jeanne d'Albret, mère de Henri IV, était petite-fille d'une Rohan, Marguerite, fille d'Alain IX ; et Henri de Rohan, était petit-fils d'Isabelle d'Albret, sœur du grand-père de Henri IV.

(1) Manque, fait défaut.

Il vaut mieux mériter que posséder l'empire,
Mieux être désiré que de se faire élire,
Puisque le monde entier doit quelque jour périr.
Le ciel diversement ses grâces nous divise ;
Et c'est pourquoi l'on voit, livre, en votre devise :
« J'aime mieux mériter que non pas acquérir. »

Tel est le résultat de recherches favorisées par des circonstances sur lesquelles il n'était guère permis de compter, au fond du Bocage vendéen. Elles permettent d'appeler l'attention sur Anne de Rohan et d'offrir dès à présent à la critique littéraire vingt-quatre de ses poésies. On y trouvera

La docte faconde
Et les vers gravement doux (1)

admirés par ses contemporains ; et après avoir reconnu leur mérite, on nous permettra de terminer notre tâche en rejetant l'ivraie qu'un éditeur ignorant a voulu faire passer pour le bon grain.

§ VI. — Du volume intitulé : *Poésies d'Anne de Rohan-Soubise*, &,& (2). Paris, 1862, in-12. On y lit page 73, note 1 : « Toutes ces pièces de vers, sauf la dernière (3), « proviennent du manuscrit de la Bibliothèque impériale, « coté n° 4725 du supplément français ».

(1) Odet de la Noue, *Tombeau de la duchesse de Deux-Ponts*, page 29.

(2) Voici la suite du titre : *et lettres d'Éléonore de Rohan-Montbazon, abbesse de Caën et de Malnoue, à divers membres de la Société précieuse, publiées pour la première fois, avec notes et introduction.*

Cette dernière partie du volume, complètement étrangère à notre travail, est paginée 79-157. La notice sur l'auteur des lettres se trouve aux pages 13-31.

(3) Les cinq stances sur la mort de Henri IV, dont nous avons parlé page 125.

Sur les dix-huit poésies ainsi publiées, pages 35 à 69 du volume, nous avons parlé des deux premières à propos d'Henriette de Rohan ; et pour sa *Petite Sœur* nous ne nous sommes occupé que des trois relatives à la mort de la duchesse de Nevers, pièces 13e, 14e et 15e. Le silence complet gardé sur les treize autres provient de ce qu'on ne doit ni ne peut les attribuer à la plus jeune fille de Catherine de Parthenay.

Quand M. Paulin Paris a imprimé, tome 3, page 459 de son Tallemant : « Les poésies d'Anne de Rohan nous sont aujourd'hui conservées, au moins pour la plupart » dans le manuscrit qui porte actuellement le no 12491 du fonds français à la Bibliothèque nationale, il n'a pas assez tenu compte de l'esprit fanatique et avide de gravelures du compilateur (1) de ce gros volume, probablement un bourgeois de la Fronde, fils d'un bourgeois de la Ligue. Nous demanderons au très-savant et habile éditeur de

(1) Il n'a copié les poésies sus-mentionnées que parce qu'il appliquait aux princes protestants la satyre sur la conférence de Loudun, et parce que la duchesse de Nevers était fille du duc de Mayenne. L'amitié de Mlles de Rohan pour celle-ci prouve à quel point le chef de la maison de Bourbon avait su calmer les haines religieuses entre les grandes familles dont les chefs s'étaient rencontrés sur tous les champs de bataille des guerres précédentes.

Le bourgeois parisien, incorrigible héritier des démagogues qui avaient déjà mis la France à deux doigts de sa perte au quatorzième siècle, jetait de la boue et des pierres aux protestants qui revenaient du Temple de Charenton et publiait, ou tout au moins recueillait avec complaisance, les vers copiés aux pages 29 et 315 du manuscrit français no 12491 de la Bibliothèque nationale, plus le quatrain suivant (page 84) sur l'assassinat de Henri IV :

Sa vie étoit la mort du repos de la France,
Le cercueil de sa gloire et de tout son bonheur !
Sa mort nous ressuscite; la France en son honneur
N'ayant qu'en son tombeau de la vie assurance !

des Réaux s'il persiste dans l'opinion résultant d'une lecture un peu trop rapide, et nous le prierons de nous indiquer les autres vers qu'il croit de Mlle de Rohan la jeune, afin d'en grossir notre petit mais authentique recueil ; bien assuré d'avance qu'il ne sanctionnera pas les attributions faites par l'éditeur du livre au bas duquel il est affligeant de trouver le nom d'un libraire aussi renommé que M. Auguste Aubry.

Publiant dans le tome 6, page 89, du même des Réaux, le texte du « Sonnet assez agréable (copié à la page 79 du manuscrit de la Bibliothèque nationale) qu'on adressa à Mme d'Hertfort, quand elle quitta ses habits de veuve », M. Paulin Paris n'aurait pas manqué de le dire d'Anne de Rohan s'il l'en eût crue l'auteur. L'éditeur des *Poésies* n'hésite pas à le lui attribuer (pièce 16e, page 67 et page 75, note 16) ; et sans que la moindre indication lui soit fournie par le manuscrit, il imprime sous le nom de la digne amie de Louise de Colligny, de Mmes de Bouillon et de la Trémoille, d'Odet de la Noue et de d'Aubigné, le choix ridicule qu'il a fait parmi les vers anonymes compilés de la page 79e à la 83e du manuscrit no 12491. Non-seulement nous refusons de croire que ces poésies soient d'Anne de Rohan par le motif que le compilateur, contemporain ou à peu près, n'a pas mis son nom à chacune d'elles, comme il l'a fait en tête des trois qu'il a copiées page 118 (nos 6, 7 et 8 de notre recueil); mais après les avoir lues et en avoir examiné le sujet ainsi que le style, nous affirmons qu'elle ne peut pas les avoir composées.

Doit-on admettre que les pièces 10 à 12 du susdit volume, par lesquelles une galante dame cherche à ramener dans ses bras un amant infidèle, soient sortis de la même plume que les honnêtes et beaux vers cités plus haut ? Ne faut-il pas aussi être dépourvu de toute critique pour attribuer à la digne fille de l'une des plus grandes et illustres maisons de France, à l'esprit délicat et élevé qu'admiraient ses contemporains, même hors de son pays (1), les platitudes composées, par des rimeurs de carrefour, à l'usage d'amoureux peu difficiles en poésie et dont les belles répondaient aux noms d'Isabelle, Aimée, Madelaine, Marie ou Claire (pièces 3e à 7e et 17e), et les avaient séduits soit par leur tresse blonde ou brunette, soit par leurs yeux bleus (pièces 8, 9 et 10) ?

Voici du reste, pour la complète édification des membres de la Société d'émulation de la Vendée, quatre échantillons des vers que l'éditeur anonyme a osé attribuer à Anne de Rohan.

Pièce 3e et page 43 du susdit volume :

Que l'amoureuse braise
Qui vit dedans nous s'appaise
Offrant chacun le cœur sien
Dessus l'autel de l'hymenée.

Pièce 6e, pages 48 et 49 :

Je prends bien en gré cette peine
En m'assurant d'avoir un jour
De vous la jouissance pleine...
Car après vous avoir servie,
Je mérite cela ou rien.

Pièce 9e, page 53 :

Nulle perfection, en la terre et sur l'onde,
Peut donner à mes yeux pareil contentement
Que voyant de ton chef le divin ornement,
Le crêpe poupiné de ta chevelure blonde.

(1) Voir notamment les *Opuscules de Mlle de Schurman,* pages 293 à 300 de l'édition des Elzevirs, en 1648.

Pièce 17, page 68 :

Les filons crêpelus de ta tresse brunette
Tiennent de mille lacs mon cœur captif épris.
Tu fais honte à la face de la belle Cypris
Pour ainsi que la tienne n'être polie et nette.

Ajoutons que si le luxe de l'impression et du papier, avec une *reliure maroquin rouge janséniste de Chambolle-Duru,* a fait coter ce volume *140 francs* dans le somptueux catalogue que vient de publier le libraire Auguste Fontaine (nº 2154), il aura aux yeux des bibliomanes émérites (1) des titres non moins sérieux par l'éclat de ses fautes d'impression. Donner l'Errata complet des pages 35 à 71 serait abuser de la patience du lecteur. Notre exemplaire des *Poésies*, sur lequel ces fautes sont relevées, devant être déposé dans une bibliothèque publique, (celle de la Roche-sur-Yon), il suffira d'indiquer la douzaine suivante, assez copieuse du reste puisqu'elle ne porte que sur 47 petites pages fort peu garnies, et assez jolie puisqu'il s'agit de vers.

Page	39,	au lieu de	*agréant,*	lisez	*j'ai reçu.*
—	41,	—	*lira,*	—	*lise.*
—	52,	—	*tous les cœurs,*	—	*le cœur.*
—	52,	—	*voir,*	—	*croire.*
—	56,	—	*fleur,*	—	*plein.*
—	56,	—	*pourquoi,*	—	*puisque.*
—	57,	—	*c'est bien vrai,*	—	*il est vrai.*

(1) Qu'il nous soit permis de rappeler l'épigramme, déjà vieille et de plus en plus juste :

Oui, c'est la bonne édition :
Voilà bien, pages neuf et seize,
Les deux fautes d'impression
Qui ne sont pas dans la mauvaise !

Page 62,	au lieu de	*nous peinte,*	lisez	*vous plainte.*
— 63,	—	*tête,*	—	*tresse.*
— 67,	—	*fin,*	—	*fois.*
— 67,	—	*orgueil,*	—	*indigne.*
— 71,	—	*plaintes,*	—	*peines.*

Dans ce riche résultat, la part des imprimeurs doit être bien minime comparativement à celle de l'éditeur. Quoique le manuscrit de la Bibliothèque nationale soit d'une bonne écriture, voici en effet ce qui est arrivé.

Page 68, de deux pièces ledit éditeur en a fait une seule, n'ayant pas vu au bas des quatre premiers vers *Sur le nom d'une belle dame nommée Claire,* les mots : *Autre quatrain pour elle.*

Ont aussi été laissés en blanc, dans trois vers de son volume, les mots ci-après :

Page 43, *la croire* ;
— 51, *qu'autre* ;
— 55, *monument.*

Malgré la prévoyante modestie qui lui a fait garder l'anonyme, notre éditeur, aussi fier qu'heureux de son volume des POÉSIES D'ANNE DE ROHAN-SOUBISE, a ajouté sur le titre : PUBLIÉES POUR LA PREMIÈRE FOIS.

Il est permis d'espérer que ce sera POUR LA DERNIÈRE ; et que si les extraits donnés plus haut, avec la pièce qui suit, peuvent, comme l'a dit M. Paulin Paris, justifier une publication des œuvres poétiques de notre compatriote, la

Belle Anne, savante et sage, (1)

qui a été dame de la Garnache et de Beauvoir-sur-Mer, puis du Parc-Soubise, on ne prendra pas pour modèle l'édition que nous venons d'apprécier à sa juste valeur.

(1) Odet de la Noue, *Tombeau de la duchesse de Deux-Ponts,* page 29.

PRIÈRE DE Mlle ANNE DE ROHAN

EN SON AFFLICTION POUR LA MORT DE SA MÈRE

(Catherine de Parthenay, décédée et inhumée au Parc-Soubise, près Mouchamp, le 26 octobre 1631).

Ecoute, o Seigneur, quand je crie
Dedans ma rude affliction !
Exauce l'âme qui te prie,
Par ta douce compassion !
Mes yeux suppléant à ma langue,
Par soupirs je fais ma harangue
Et mes tremblantes mains je tends
Au lieu d'où mon secours j'attends.
Tu promets, pitoyable père,
D'être près du cœur désolé ;
Que le mien, qui en toi espère,
Doncques par toi soit consolé.

Las ! tu me vois quasi semblable
A ceux qu'on descend au cercueil,
De deux jours l'un n'étant capable
Que du sentiment de mon deuil.
Mon œil se ferme à la lumière,
N'ayant sa vigueur coutumière ;

Mon oreille se bouche au son
De l'harmonieuse chanson ;
Sans marcher je me sens lassée ;
Mon sommeil n'est point un repos ;
La crainte occupe ma pensée
Et le froid engourdit mes os.

Ceux que j'aime plus que moi-même (1),
Qui de moi doivent avoir soin,
Ne peuvent, en mon mal extrême,
Que le soupirer de bien loin.
Je sais que chacun d'eux lamente
Pour la douleur qui me tourmente ;
Je n'ignore que cette croix
Nous est départie à tous trois ;
Que cet ennui que je supporte
A mes frères est bien cuisant ;
Mais, las ! tu sais qu'à la moins forte
Ce fardeau semble plus pesant.

Après tant de peines souffertes,
De frayeurs les jours et les nuits,
Famine, froid, prison et perte,
Tant de divers genres d'ennuis,
Falloit-il, o douleur amère,
Que je visse mourir ma mère ?

(1) Ses deux frères : Henri duc de Rohan et Benjamin seigneur de Soubise.

Il le falloit, tu le voulois
Et tes volontés sont nos lois !
Ce que tu veux est équitable
Puisque tu es Dieu d'équité ;
Ce que tu fais est profitable
Car tu es la même bonté.

Cette personne digne et chère,
Pour qui je vais tant gémissant,
Auparavant qu'être ma mère,
Fut ta fille, Dieu tout puissant.
Tu aimois cette âme fidelle
Que je n'estois encor à elle.
Sa piété comme sa foi
N'eurent jamais d'objet que toi ;
Et puisque c'est ta main auguste
Qui nous prête tout notre bien,
N'est-il pas raisonnable et juste
Que partout tu prennes le tien ?

Mais pourquoi ne l'ai-je suivie
Au tombeau comme aux autres lieux ?
Et pourquoi ne fus-je ravie
Avec elle dedans les cieux ?
Pourquoi la famine ou la guerre
N'ont-elles mis mon corps en terre ?
Las ? pourquoi du puissant vainqueur
Pour moi fut amolli le cœur ?
O, tout bon Eternel, ne souffre
Que mon esprit, à toi criant,
Fasse plus de mal qu'il ne souffre,
Et qu'il t'offense en te priant !

Seigneur, pardonne à mes demandes
Et n'exauce que mes saints vœux.
Fais en moi ce que tu commandes
Et commande ce que tu veux.
O Tout-Puissant, fais-moi comprendre
Que tu es Dieu, que je suis cendre !
Tu es tout et je ne suis rien,
Je fais le mal, tu fais le bien :
Déchasse la tristesse vaine
Dont mon cœur est si fort touché ;
Au lieu de déplorer ma peine,
Fais-moi détester mon péché.

Que si je confesse mes fautes,
O Seigneur, ta loi nous apprend
Qu'en mesure elles sont trop hautes
Et que le nombre en est trop grand ;
Que même nos pensées vaines
Surmontent des mers les arênes.
Nul gent ne les sauroit compter
N'aucune langue raconter ;
Mais si nos péchés sont extrêmes,
O Tout-Bon, Parfait des parfaits,
Tes bienfaits vers ceux que tu aimes
Surpassent de loin nos méfaits.

Mais voici de tes biens la somme,
Pourquoi je t'adore en tout lieu :
C'est que tu fis Dieu fils de l'homme
Pour rendre l'homme enfant de Dieu !
Tu daignas livrer ton Unique
Pour délivrer un peuple inique :

Le maître se fit serviteur,
Le créancier devint debteur ;
Moi, ta brebis, j'ai pour pâture
La chair de mon divin Pasteur,
Et tu lavas ta créature
Dans le sang de ton Créateur !

Fais-moi donc louer tes merveilles
Au lieu de plaindre mes malheurs,
Chanter tes bontés non pareilles
Au lieu de pleurer mes douleurs.
Soit que je meure ou que je vive,
Que ta divine loi je suive,
Que vers toi seul j'élève aux cieux
Mon âme et mes mains et mes yeux ;
Que mon étude soit ta crainte,
Mes délices soient ton amour,
Et qu'un jour ta demeure sainte
Soit mon perpétuel séjour !

N. B. La répétition du mot *souffre*, à la fin de la dernière strophe de la page 39, est conforme aux divers textes.

LA ROCHE-SUR-YON, IMP. L. GASTÉ.

www.ingramcontent.com/pod-product-compliance
Ingram Content Group UK Ltd.
Pitfield, Milton Keynes, MK11 3LW, UK
UKHW022148170726
13837UKWH00004B/1855